Charles Baudelaire
Der junge Zauberer

Baudelaire, Charles

Der junge Zauberer

Reihe: *classic pages*

ISBN: 978-3-86267-174-8

Auflage: 1
Erscheinungsjahr: 2011
Erscheinungsort: Bremen, Deutschland

Europäischer Literaturverlag GmbH, Fahrenheitstr. 1, 28359 Bremen (www.elv-verlag.de).

Der junge Zauberer

www.elv-verlag.de

Bei den in Anwesenheit des Königs von Neapel während der Restauration 1815 vorgenommenen Ausgrabungen fand man in einem der Gemächer des Aktaeonschen Hauses ein großes Freskogemälde von ganz wunderbarer Schönheit, das eine Gruppe von Nymphen darstellte, deren Augen der Hauptfigur zugewandt waren. Hinter ihr stand ein junger Amor, beugte sich lieblich über ihr Ohr und schien ihr ein Geheimnis zuzuflüstern. Die außerordentliche Grazie der Formen, der lebendige und gefällige Ausdruck des kleinen Flüsterers, die liebenswürdige Haltung der Nymphen und selbst der besondere Glanz der Farben, der wenigstens siebzehn Jahrhunderten Trotz geboten hatte, zogen die Augen aller Kenner auf sich. Natürlich war die italienische Fantasie bald dahinter, für dieses unvergleichliche Stück eine Erklärung und einen geschichtlichen Hintergrund zu finden. An jedem Tage entstanden neue Auslegungen, aber die Hauptsache: Die Wahrscheinlichkeit fehlte allen in gleicher Weise.

Indessen war es nicht die Bestimmung des geheimnisvollen Freskos, ewiges Geheimnis zu bleiben. In den ersten Monaten des Jahres 1836 wurde einer jener Papyrus, die nunmehr nach einem vom Chevalier Collini aus Neapel erfundenen vorzüglichen System aufgerollt werden, geöffnet und zeigte den erstaunten Betrachtern über dem ersten Teil des Manuskripts das Freskogemälde in Miniatur. Der vollkommen entrollte Papyrus enthielt nachfolgende Geschichte, nach der man zweifelsohne die Zeichnung gemacht hatte, mit der sie illustriert war. Eine Geschichte, die wir mit allen Verstümmelungen wiedergeben, die bei der Mürbheit der halbverbrannten Rolle unvermeidlich blieben. Die größte dieser Lücken befindet sich gerade am Anfang. Sie spottet noch den Forschungen aller italienischen Akademien und lässt ihrem Entdeckerfleiß freies Spiel.

* * * * *

»O Kallias, ich bin der Welt müde.«

»Ihr irrt, Sempronius; Ihr seid aller Dinge müde, nur nicht der Welt.«

»Ich weiß, was ich sage, Kallias, ich spreche ernsthaft. Aber wie Euch überzeugen, wie Euch glauben machen? Ihr Kallias, Skeptiker von Beruf, Ihr athenischer Schöngeist; Ihr sorgloser Seeräuber, bekannt auf allen Meeren des Vergnügens in Griechenland und Asien; Ihr, o Kallias, Falter, der durch alle Gärten der menschlichen Tollheit von Blume zu Blume taumelt, wie könntet Ihr an eine unendliche Müdigkeit glauben, an diesen tiefen Ekel vor allem, was die Erde enthält? Aber Ihr seid ein epikureisches Tier.«

»Nein, melancholischer Philosoph, Ihr irrt noch immer. Ich bin ein wirklicher Epikureer; zart in meinem Geschmack, zurückhaltend in meinem Laster, zärtlich in meinen Freundschaften und in meinen Lieben, bin ich grausam und verächtlich nur für meine armen Landhäuser, und wahrhaftig, die einzige Sorge, die mich quält, ist zu wissen, ob ich morgen in meine Villa an die Ufer des Tibers reisen werde, oder ob ich meine müden Tage in der frischen Luft meiner Grotte in Sunium verleben soll, solange die Herrschaft dieses verliebten und verpesteten Gestirns anhält.«

Der Sirius ging auf, und der Glanz, den dieser König der Sternbilder ausstrahlte, färbte den ganzen Golf von Neapel in helles Licht. Die Augen des jungen und schönen Römers warfen auf die Natur einen eindringlichsten Blick, und er seufzte mehr, als dass er sprach: »Ach, dass der Wunsch nicht die Last meines Lebens abschütteln und mich zu jenen heldischen Reisenden des Feuerhimmels aufschwingen kann, die von unseren Sorgen so weit entfernt sind, wie sie sich selbst über die unreinen Wolken erheben!« Bei diesen Worten zog er in einer unbewussten Bewegung einen kleinen Dolch aus seiner Toga und hielt ihn hoch in die Helle der untergehenden Sonne, die die Schneide erglänzen ließ.

Kallias stand schnell auf, brach in Lachen aus, und rief den jungen Enthusiasten in die

Gegenwart zurück. »Man kann das auf zweierlei Weise nur erklären«, rief der grausame Spötter. »Ein Mann blickt auf ein Messer so nur aus Rachsucht; eine Geliebte erobern oder eine Gattin beseitigen. Dann stimmt es! Aber Sempronius, wer könnte Euch so in Verzweiflung stürzen? – Ihr, der Ihr notorisch und öffentlich der bewundertste und begeistertste aller Männer seid, die den Luxus, die Grazien und die schönsten Beine des Palatins ehrlich anbeten. Ihr, der Tribun der kaiserlichen Legion, Ihr, für den die Wohlgerüche geradwegs aus Persien, die Kleider aus dem Zauberlande, wo die Würmer zu Webern werden, und die Geschmeide von den unbekannten Küsten Indiens kommen, Ihr, der Bevorzugte der Modeanbeter! Welche Schönheit könnte Euren unzähligen Verführungskünsten widerstehen?«

Solchermaßen war des Sempronius schmachtende Antwort: »Kallias, ich bin unfähig, auf Euer Gespött zu antworten. Aber seht dort hinten den Sklaven, der in Arbeit und noch unter den letzten Strahlen dieses brennenden Tages sich abmüht. Mit Freuden würde ich heute mein Los mit dem dieses Elenden tauschen. Ihr seht mich mit großen Augen an. Hört mich an, und Ihr werdet verstehen. In gegenwärtiger Stunde kann es unter dem Himmel kein unglücklicheres Geschöpf gehen als Euren Freund Sempronius. Obschon die ganze Welt, wie Ihr sagt, ihn mit ihrem Lächeln umgibt.«

In diesem Augenblick kam der Diener mit der Meldung, dass das Abendbrot gerichtet sei, und hinderte ihn, seinen Bericht zu beginnen. Kallias war außerordentlich reich und hatte den ausgezeichneten Geschmack eines Griechen; er führte den Freund in ein Triklinium, in dem er eine Auswahl der schönsten, mühsam in Korinth und auf den Inseln gesammelten Bilder vereinigt hatte. Dieser köstlich verzierte und geschmückte Raum lag gegen Westen und die untergehende Sonne warf ihre dunkelroten Strahlen durch das Kristall der Fenster.

»Ihr seht«, sagte Kallias, nicht ohne in seinem Lächeln den befriedigten Ehrgeiz des Sammlers zu verraten, »Ihr seht, dass ich hier einen Euch Römern, die Ihr in Dingen der Eleganz maßgebend seid, fremden Plan verwirklicht habe. Sie hängen ihre Bilder in das breiteste Licht, in den hellsten und öffentlichsten Raum ihrer Wohnung. Während ich sie wie Freunde behandele und, um mit ihnen zu plaudern, sie so weit wie möglich vom großen Lärm entferne. Und um unsere Unterhaltung noch angenehmer zu gestalten, nehme ich mein Abendbrot in ihrer reizenden Gesellschaft ein.«

Sein Freund konnte, trotz der Last, die sein Herz bedrückte, nicht umhin, einige Freude an der hervorragenden Eleganz zu finden, die jeder Gegenstand, auf den sein Auge fiel, ausstrahlte und die besonders in der Verteilung der Bilder sich zeigte. Anstatt sie alle dem gleichen Tageslicht auszusetzen, hatte sie Kallias so aufgehängt, dass jedes so viel Licht bekam, wie es brauchte, um alle seine Vorzüge im vollkommensten Ausdruck leuchten zu lassen. – Ein abendlicher Tanz junger Lakedaimonierinnen am Ufer des Eurotas hing an einer Stelle, auf die die untergehende Sonne ihren ganzen Glanz warf, die Bergspitzen glühten in kurzem aber natürlichen und sozusagen lebendigen Feuer; die auf ihren Seiten ansteigenden Wälder warfen Schatten von natürlichem Gold; die Helme selbst und die leichten Schilde, die die jungen Mädchen in ihrem reizenden Kriegsspiel trugen, leuchteten wie wirklicher Stahl in der Allmacht der Strahlen. In einer sehr verborgenen Ecke, die nur einen armseligen Lichtstrahl auffangen konnte, hing eine feierliche, strenge und schreckliche thessalische Beschwörung! Die Teile der Wälder, durch die majestätische Schatten von Phantomen sich bewegten, schienen noch dunkler durch den schwachen Schimmer, der wie ein leichter Pinsel nur dazu diente, die dunkle Malerei mit einigen helleren Flecken zu bereichern.

Darüber hing in einem kostbar gearbeiteten Alabasterrahmen ein Meisterwerk des Ioniers Alkamenes. Es stellte den Olymp und die von Homer beschriebene Szene dar, in der Venus in der Versammlung der Unsterblichen Jupiter anflehen kommt, um ihn den Trojanern günstig zu stimmen. In der Verschwendungssucht der Millionäre, die Berge von Reichtümern und Schatzkammern von Geist opfern für die Freude eines Augenblicks allerhöchster Freude, Freude, die an die letzten Grenzen der Möglichkeit einer zartesten Fantasie reicht – konnte man dieses fabelhafte Werk nur in dem Augenblick sehen und verstehen, in dem die Sonne den Horizont berührte. Die beiden Freunde konnten sich auf diesen flüchtigen und äußersten Genuss vorbereiten, während eine Flammenpyramide langsam über die Oberfläche des Bildes emporstieg. Der ganze Oberteil lag also im Dunklen, als das Licht den Fuß des mächtigen Berges einzufärben begann. Ihr Strahl stieg, wie ein unbeweglicher Pfeil geschleudert, nach und nach aus den wein- und olivenbepflanzten Tälern bis in die wolkenumzogene Region, die noch kein Menschenfuß betrat. Einen Augenblick später erreichte der Strahl die Wohnung der Unsterblichen und hüllte sie in eine Goldatmosphäre; alles, was bisher unsichtbar geblieben war oder nur wie durch vage Nebel geahnt werden konnte, leuchtete jetzt in äußerstem Glanz auf. Die Thronsessel der verschiedenen Götter, die im Kreise aufgestellt waren, blitzten in den Farben aller den sterblichen Juwelieren bekannten Edelsteine und der nur den Göttern bekannten Diamanten auf. Der Weg, der zum großen Thron führte, war mit Sternen bepflastert. Ein von Diamanten brennender Wolkenhimmel war der Schleier, der vage die hehre Gegenwart des Herrn der himmlischen Welten verhüllte. Der plötzliche Einfall des Lichtes, das den Kreis voll Größe und Schönheit durchfuhr, schien ihn mit Leben und jäher Bewegung zu erfüllen. Im Mittelpunkt verblieb eine anscheinend in eine Wolke gehüllte Form, die aber, als der Strahl sie plötzlich berührte, sichtbar wurde, als wäre ein wirklicher Nebel unter diesem brennenden Kuss verdampft und geschmolzen. Diese Form war die vor den Göttervater hingebeugte und flehende Venus. Ihre ganze Schönheit war entzückend lebendig; man meinte, dass sie soeben ihre schöne Stirn erhoben habe; ihr Auge blitzte von neuem Glanz, und ihre Wangen waren von einem Rot durchblutet, das die Lebendigkeit ihrer Gefühle und die Innigkeit ihres Gemüts ihr ins Gesicht trieben, und ihre Haltung war eine merkwürdige Mischung von Adel und Demut; aber ihr Gesicht, ihr unbeschreibliches Gesicht war Liebe und nichts als Liebe! Kallias warf auf diese wunderbare Arbeit den stolzen Blick des Amateurs; aber der junge Italiener stieß einen Schrei aus, verbarg sein Haupt in den Falten seines Kleides und warf sich dem Bilde zu Füssen wie in einem Taumel der Anbetung.

Als er wieder aufstand, war der Tag versunken, war die Nacht aufgestiegen, das Ganze wie ein Spuk verschwunden.

* * * * *

»So also seid Ihr entschlossen, die Welt zu durchreisen, Euren Traum einzufangen, das unbekannte Einhorn, das ungenannte Ungeheuer, zu sehen, das Unfindbare zu finden! Mein junger und braver Freund, hört meinen Rat und überlasst den Träumern solche Pilgerschaft. Kehrt nach Rom zurück; erklärt Eurem ausgezeichneten Oheim, dass Ihr durchaus entschlossen seid, die Mitgift seiner Tochter zu heiraten, selbst wenn diese Mitgift die Schamlosigkeit besäße, noch zehnmal größer zu sein; sagt ihm, dass Ihr ein gehorsamer Sohn wäret und Ihr keineswegs daran dächtet, den Willen Eures ausgezeichneten Vaters zu verletzen, und wäre die Braut schön wie die drei Grazien und liebenswürdig wie die Mutter der beiden Liebesgötter Eros und Anteros. Dann, wenn Ihr demütig Euren kindlichen Gehorsam bewiesen und eine Hochzeit gegeben habt, über die man vierundzwanzig Stunden lang in Rom sprechen wird, setzt Euch Euren Helm auf, wenn Ihr noch reisen wollt, und zieht hinaus, um

Euch mit Anstand gegen die Parther zu schlagen oder den Ruhm Alexanders zu verlöschen und Triumphbögen am Indus zu erbauen – um eines Tages von den Sohlen eines Wilden zerstampft zu werden, der die Ruinen Eures Mausoleums benutzen wird, um darin seine Kochtöpfe aufzustellen und seinen Schmaus auf Euren berühmten Knochen einnehmen wird.« So sprach Kallias, der niemals seinem Spott Einhalt tun konnte. Aber wahrscheinlich hätte er seine Zunge zurückgehalten, wenn er einen Blick in das Gesicht seines Freundes geworfen hätte. Der junge Italiener hatte zuerst mit ungläubigem und schmachtendem Lächeln zugehört, aber als zum Schluss die Worte ihn allzu sehr trafen, runzelte er die Brauen, seine Lippen wurden schmal, seine Stimme zitterte vor Empörung, und er überschüttete den Griechen mit kalten Flüchen äußerster Wut.

»Euch hab ich vertraut, Euch allein, hört Ihr«, rief der überkochende Römer, »habe ich die unglückliche, nein verzweifelte und bejammernswürdige Lage meiner Seele anvertraut. Ich habe Euch gesagt, dass der verrückte, um nicht zu sagen grausame Entschluss meiner Familie, die mir keine freie Wahl in einer Angelegenheit, die von allen menschlichen Angelegenheiten am meisten freie Wahl erfordert, lassen wollte, mir einen tollen Abscheu gegen das Wesen eingeflößt hat, dem ich Vernunft, Gefühl und Willen opfern soll; und dass wir, die wir in unsrer Kindheit in der wahnsinnigen Absicht zusammengebracht wurden, uns lieben zu lernen, uns gegenseitig unüberwindlich hassen und wir uns trennten seither, um uns niemals wiederzusehen.

»Entschluss zweier unreifer Kinder«, antwortete Kallias, der diesmal vorsichtig war und seinen Freund nicht zur Verzweiflung bringen wollte; – »bedeuten diese Entschlüsse einen unzerstörbaren Pakt, ein für reifere Jahre unerschütterliches Glaubensbekenntnis? Alles unter den Sternen ändert sich, und alles ist Vermummung. Werden wir die Augen gen Osten erhoben halten, um den Sonnenaufgang zu sehen, wenn sie sich aus den westlichen Wolken schon ein Ruhekissen bereitet? Eure Base ist jetzt kein Kind mehr; sie ist liebenswürdig vielleicht wie Hebe, freundlich vielleicht wie Flora, die Königin der Blumen. Habt Ihr niemals Neugier empfunden zu erfahren, was aus ihr seit jenem schrecklichen Kampfe wurde, den Ihr als Säuglinge ausgefochten habt?«

»Sie wiedersehen«, erwiderte Sempronius, »sie, das Werkzeug väterlicher Tyrannei! Niemals. Niemals ersehnte ich dies und werde es niemals ersehnen. Meine Erziehung in Athen entfernte mich zunächst weit von Rom. Dann bestieg ich eines Tages als berittener Centurio der kaiserlichen Legion mein

Pferd und tat an den Grenzen Pannoniens Dienst. Seither habe ich in Kleinasien gelebt. Ich war nie in Rom; aber ein Wort wird Euch genügen. Ich habe« – hier machte Sempronius eine Pause – »ich habe das Wesen gesehen, das gemacht ist, die Leere meiner Seele auszufüllen und sie auf immer zu bewohnen. Es war bei einem Bankett, das der Prokonsul Septimius den Offizieren der Legion gab, als wir in Ephesus eintrafen. Alles war, wie Ihr es Euch denken könnt, vornehm und üppig. Aber alles verblasste vor einem Schauspiel, das im Garten des Palastes stattfand und von den Tempelpriesterinnen gespielt wurde. Es war ein Drama im Geschmack derer, die von der ovidischen Fantasie befruchtet sind, kurz aber entzückend gemacht; es war eine Fabel von der Macht der Liebe. Der kleine Gott trat in hundert Verkleidungen auf, bald als Krieger, bald als Dichter, bald als Musiker, mitunter als König und erschien dann wieder als Kaufmann, der mit einem Pack Schätzen und Schmuckstücken beladen war, und das alles, um das Herz eines schönen Mädchens zu gewinnen. Aber zu welcher Eroberung auch ließ der junge Zauberer seine Künste spielen! Niemals habe ich etwas Hübscheres und Reizenderes gesehen oder erträumt! Alles, was die Poesie als Schönstes erfand, alles, was meine gierige Fantasie mit Grazie und Charme, Schönheit und Adel bekleidet hatte, versank in Dämmer des Vergessens. Vor mir bewegte sich, lebte, blickte und lächelte die Schönheit an sich, so wie Venus aus den Hügeln der Salzwogen aufsteigt oder Pandora aus den Portiken des Olymps herniederschreitet. Da fühlte ich, dass mein Schicksal sich erfüllt hatte, mein Los auf ewig gezogen war! Diese Überzeugung durchbohrte in einem Augenblick die Tiefe meiner Seele. Ich erkannte, dass es klar, glänzend, flammend und leuchtend war wie die Wahrheit. Ich kann Euch weder sagen noch erklären, mit welcher ganz neuen Angst ich den Fortgang des Dramas verfolgte, und wie heftigen Anteil ich an dieser kleinen Szene nahm. Ich zitterte an allen Gliedern, denn ich sah, wie sie nacheinander durch die berauschenden Schmeicheleien der Dichtkunst, durch die Versprechungen all dessen, was das Herz des Ehrgeizes kitzeln kann, durch die Geschmeide und das Gold in Versuchung geführt wurde, die der junge und mächtige Zauberer unserer Leidenschaft unter ihren Augen ausbreitete, in dem er blendend Vision auf Vision häufte und immer neue und immer gefährlichere Versuchungen vor dem gefährlichsten aller Mädchen erbaute. Allen widerstand sie, und ich fühlte bei jedem neuen Triumph mein Herz toll und ungewöhnlich schlagen. Eine List nur blieb. Die edlen Paläste, die vergoldeten Boskette, die königlichen Verstecke, in denen der Zauberer seine Visionen von Luxus, Eleganz und Reichtum hatte entstehen lassen, flohen wie Träume. Die Bühne wurde zu einem einfachen Garten, der auf einem schönen Berg am Rande des Hellespont lag. Die junge Schönheit saß jetzt auf einem Hügel frisch gepflückter Rosen und hörte der Rede eines jungen Mannes im einfachen Kostüm ionischer Schäfer zu. Sein Gesicht und seine Haltung waren edel, aber seine Worte waren die Einfachheit, die Leidenschaft und die Beredtheit selbst. Ich hörte nie so vollkommen sprechen. Er bot ihr weder Pomp noch Reichtum der Welt, aber er legte ihr ein von Liebe, Treue und Ehre überquellendes Herz zu Füssen. Wenn sie dieser Bitte widerstanden hätte, wäre sie mehr oder weniger als eine Sterbliche gewesen. Sie war weder das eine noch das andere, sie war Frau – wahr wie die Natur und empfindlich für die süßesten Triebe der Natur. Ich hatte über ihren Widerstand triumphiert, jetzt triumphierte ich über ihre Unterwerfung. Ich sah voll Entzücken, dass diese Schönheit, die einer Göttin würdig war, nicht die Schönheit einer Statue war. Unwillkürlich röteten sich meine Wangen, wenn ihre Wangen sich röteten, einer Träne, die ihrem Auge entrollte, folgten meine Tränen, und mir war es, als entflöhe meine Seele mit ihrer. Mit einem Seufzer und einem Lächeln erkannte sie die Macht des Herzens über das Herz und sank mit den stillen Tränen ihrer Freude an die Brust des Ioniers. In diesem Augenblick krachte der

Donner, die Kulissen flatterten wie eine entfliehende Wolke hoch und anstelle des einfachen Gartens am Hellespont sahen wir die unsterblichen Boskette des Ida. Der Ionier war Amor selbst in seiner ursprünglichen, liebenswürdigen, mächtigen, tollen und königlichen Gestalt. Der junge Gott schwebte auf seinen Purpurflügeln in die Arme der schönen Kreatur und krönte sie in Gegenwart der Nymphen mit Amaranth zur Erinnerung an ihre Verwandlung in eine unsterbliche Bewohnerin der Haine der Liebesinsel.«

»Und so«, sagte Kallias kalt – sein satirischer Geist hatte ihn vor jeder Rührung beschützt – »und so habt Ihr Euch also in eine der Tempeltänzerinnen verliebt. Das Eis des Herzens schmilzt leicht in diesem guten asiatischen Klima. Ich nehme an, dass sie gefällig die Wiederholung der Rolle des Ioniers mit anhörte, die Ihr ihr vorspieltet.«

Sempronius griff nach seinem Dolch. »Hässlicher Grieche«, rief er aus, »stelle mich nicht zum zweiten Mal auf die Probe. Noch ein missachtendes Wort, und wir trennen uns für immer. Die Sterne, die über unseren Häuptern blitzen, sind nicht ferner von uns, als mein Idol vom unreinen Hauch des Verdachtes. Ich sah sie niemals wieder; all mein Suchen war vergeblich. Die Gläubigen, die Euer lästerliches Spotten vertragen könnten, sind von anderem Stamme als ich. Nur Eure unverbesserliche Neigung, alles lächerlich zu machen, hat Euch vergessen gemacht, dass die Priesterinnen ebenso heilig sind wie die Vestalinnen des Kapitols. Es war eines der Altarmädchen.«

Kallias entschuldigte sich, und es gelang ihm, den Zorn seines Freundes zu dämpfen. »Aber«, fragte er, »versuchtet Ihr niemals, dieses vollendete Geschöpf wiederzusehen? Habt Ihr ihr niemals angeboten, sie zu ehelichen?«

»Sie wiederfinden!«, rief der Römer, »nun durchirre ich schon das zweite Jahr Asien, Griechenland und Italien, immer von unbesiegbarer Hoffnung getrieben. Sie hat den Tempel verlassen. Ach, ich könnte glauben, dass sie wieder zum Himmel aufgestiegen ist! Und dann, wenn ich sie hienieden wiederfinden würde, was könnte ich tun? Mein Vater ließ mir auf seinem Totenbette die Wahl zwischen seinem Fluch und seinem Segen, wenn ich einwilligte, seinen Wünschen zu gehorchen und meine Base Euphrosine zu ehelichen. Ich kann den Reichtum verachten, die Tyrannei gering schätzen, aber den letzten Willen eines Vaters nicht mit Füßen treten. Ohn' Unterlass höre ich in meinem erschrockenen Geist seine Stimme, die aus dem Grab mir befiehlt, ihm zu gehorchen. Nur zitternd lege ich mich schlafen zu einem im Übrigen kurzen und drückenden Schlaf; denn bald sehe ich, wie sein Schatten mir grausam droht, wenn ich seinem Willen zu widerstehen wage, der heiliger wurde, seit das Grab uns trennt.«

»Dann streicht sie aus Eurem Gedächtnis!«, antwortete der liebenswürdige Philosoph.

Langsam hob der Römer seine großen Augen verachtungsvoll zum Freunde. »Sie aus meinem Gedächtnis verjagen!«, rief er aus. »Ich habe nicht mehr Macht sie zu vergessen, als das Bewusstsein meines Lebens zu verlieren; jeder Gegenstand zwingt mich, ihrer zu gedenken. Musik, Licht, Sterne, Töne, die in der Abendluft hängen, das Schwanken einer Rose, der Hauch ihres Kelches, die vagen Formen, die dort hinten in den Wolken schweben, alles, was mein Herz rührt, meinen Sinnen schmeichelt, meine Augen erfreut, führt mich alsbald zu ihr zurück. Nein! Ihr Bild wird unzerstörbar bis zu jenem Augenblicke sein, in dem das Gefühl selbst vernichtet wird. Ihr saht meine Erregung an jenem Abend, als ich in Eurer Villa in der Campagna zu Abend aß. – Dieses Bild des Olymps! Ich fand in dieser vor Jupiter flehenden Venus das lebende Idol all meiner Gedanken wieder. Die Haltung, die Gestalt, die unbeschreibliche Grazie, alles war da, alles, was ich in dieser tragischen Nacht des ephesischen Banketts gesehen hatte. Ich wagte nicht lange hinzuschauen. Ich hätte die lebendige Schöpfung des Malers angebetet oder wie ein neuer Prometheus hätte ich mit brennenden Lippen ein neues Feuer in diese Gestalt gehaucht. Wenn ich Herr über die Schätze der Erde gewesen wäre, hatte ich sie hingegeben, um dies Bild zu besitzen, um meine Augen auf es gerichtet zu sterben. Aber in diesem Augenblick glaubte ich, dass der strenge Geist meines Vaters sich aus dem tiefen Dunkel erhöbe, und ich verfiel in Angst und Verzweiflung.«

Während er so mit der finsteren Kraft eines zerbrochenen Herzens sprach, warf Kallias einen mitleidigeren Blick auf ihn, als er jemals solchen einem menschlichen Gesicht geschenkt hatte. Aber während er fortfuhr, schien ein plötzlicher Einfall das Gesicht des jungen Griechen zu erhellen. Er lächelte, wollte sprechen, hielt seine Worte zurück, als ob er sie wiegen wollte, schritt unruhig auf dem Pflaster der Halle auf und ab, als wollte er die Liebesgeschichte Thithonos' und Auroras in dem Mosaik zerbrechen und zerstäuben; endlich warf er sich auf eins der Ebenholzlager und brach in schallendes Gelächter aus.

Sempronius betrachtete ihn erstaunt. Von Neuem stand Kallias auf, und dieselbe Pantomime wiederholte sich. Das Lächeln, die unterbrochenen Sätze und Gänge und sogar das Gelächter. – Sempronius glaubte, dass sein fantastischer Freund von der Tarantel gestochen wäre. »Seid Ihr wahnsinnig, Kallias«, fragte er endlich.

»Beim Merkur! Ich glaube es«, antwortete dieser. »Es ist das merkwürdigste Abenteuer meines Lebens, an das ich mich erinnere; hört zu!«

Aber da der Römer sich ihm näherte, um zuzuhören, trat der Sklave, der sich für gewöhnlich im Vorraum aufhielt, ein, um ihnen zu sagen, dass eine von Rom gekommene Trireme soeben im Piräus gelandet sei und für beide Briefe an Bord hätte.

»Ihr seht«, sagte Kallias und stand eilig auf, »was wir davon haben, der heißen Campagna entflohen zu sein. Keiner meiner Freunde oder Bekannten hätte den liebenswürdigen Einfall gehabt, mir nach dem Vesuv zu schreiben!«

Kallias zog sich in sein Zimmer zurück, um die kostbaren Dokumente zu lesen, die ihm aus der Königin der Städte über alle Schönheiten, Müßiggänger und Verrückte berichteten, die er dort zurückgelassen hatte. Sempronius begann zu träumen, indem er auf das reiche Farbenspiel eines griechischen Abends über der edlen Architektur des Piräus blickte, Griechenland, der Abend und Athen waren immer beliebte Quellen für Romanschreiber, seit es Athen gibt und seit es einen Namen hat. Sempronius war verliebt; das bedeutet tausend Fantasien; er war überdies unglücklich, enttäuscht, kurz: ein hoffnungsloser Liebhaber – der Liebhaber eines Traumes – es war die Leidenschaft zu einer Vision, die durch unüberwindbare Mauern von den Regionen der Hoffnung getrennt war: Er war verliebt, er war in ein Wesen verliebt, das ebenso Ideal war wie ein strahlender Bewohner des Himmels; seine Liebe war die sinnlose Liebe eines Mannes, der Diana aus den Sphären niedersteigen lassen möchte, in denen sie ruhmvoll am Rande des Himmels thront. Eine Priesterin des großen Tempels in Ephesus war für Sterbliche ebenso unerreichbar wie ein Stern.

Während er sich seinem Gedankenflug hingab und in den Träumen des Dichters und Liebhabers schwebte – Träume, die infolge eines unerklärlichen Gesetzes unserer Natur immer etwas Melancholisches selbst in ihrem strahlendsten Glanz haben und die zauberhaftesten Träume nur dank dieser selben Melancholie sind, hatte Kallias seine Briefe gelesen und kam halb vergnügten und halb traurigen Ausdruckes wieder.

»Seid Ihr, Sempronius«, fragte er, »genugsam vorbereitet um zu erfahren, dass Eure Fesseln gebrochen sind?«

Der junge Römer fuhr jäh aus seinem Traum hoch, in dem er glücklich war, und in dem er der Stimme der schönen Epheserin lauschte, die im Echo der Tempelwölbungen widerhallte. Er antwortete mit traurigem Lächeln, dass ihm fürder alles gleichgültig sei.

»Dann kann ich Euch alles, was ich soeben erfahren habe, erzählen«, sagte der Freund. – »Ich bin wenigstens sicher, dass ich Euren Schmerz nicht vergrößern werde: Lest diesen Brief, der von Eurem nächsten Verwandten Catullus kommt; er schreibt mir, dass Eure Base gestorben ist. Sie war in einen Zustand merkwürdiger Schwäche verfallen, den man auf eine unvorsichtige Reise in die Wälder von Ostia zurückführte, wo in der Sommerhitze tödliche Miasmen gedeihen; und im Fieberwahn hat sie sich selbst in den Tiber gestürzt, als sie eines Abends, aus gefährlicher Angewohnheit gegangen war, um an seinen Ufern frische Luft zu schöpfen; der Körper des unglücklichen jungen Mädchens wurde eine Woche vor Abgang dieses Briefes gefunden. Catullus beschreibt die Beerdigungszeremonien mit seiner gewöhnlichen Ausführlichkeit in allen Dingen der Form und der Etikette; er war einer der Haupteingeladenen, worüber er anscheinend sehr stolz ist; er beschreibt mir jede Bahre, jedes Pferd und meiner Treu, ich glaube jede Girlande genau, die diese pomphafte Beerdigung schmückte.«

Die beiden Freunde schwiegen einige Zeit und gaben sich soweit der Trauer hin, wie sie der Anstand und das unerwartete Geschick der Unschuld und der Jugend erforderten.

»Und nun«, rief Kallias, »nach Ephesus!«

* * * * *

Die Nacht war herrlich schön: Die Trireme schoss aus dem Piräus heraus und ließ einen langen Lichtstreifen hinter sich, wie ein Pflug, der geschmolzenes Silber durchfurchen würde. Die beiden Freunde standen am Bug und betrachteten den Himmel, die ruhige See, die Berggipfel Attikas und sahen alle Dinge neben und hinter sich fliehen, als ob sie auf einer Wolke reisten oder in den Lüften schwebten. Langsam verloschen Lichter und Lärm des Hafens. Der Mond ging auf. Das Parthenon erhob sich im Mondlicht bleich, feierlich und einsam auf seinem Hügel wie ein majestätischer Geist, der über das ganze Land wacht. Die Matrosen bereiteten sich zur Nacht, und während das Schiff die großen Wellen vermied, die das Vorgebirge von Sunium anzeigen, begannen sie die Abendfeier für Pallas Athene. Sie entzündeten den kleinen Altar, der ihr Bild an der Spitze des Schiffes trägt, und verbrannten ihr zur Ehre Weihrauch und Zimt, die alsbald die ausgeschlagenen Borde des Schiffes in eine Wolke von Wohlgeruch hüllten. Da gedachte Kallias des Abendbrotes und stieg in eine elegante Kabine hinab, um dort eine einer kaiserlichen Trireme würdige Mahlzeit zu bestellen. Sempronius hüllte sich in seinen Soldatenmantel und verweilte, den Blick auf das Taurusmassiv gerichtet, das stolz seine Topaskrone aufleuchten ließ; aber seine Gedanken schwebten weitab. Beim Anblick des kleinen, auf der gefurchten Stirn Suniums gelegenen Tempels stieß der Steuermann in die Trompete und die Mannschaft stimmte die Hymne der Schutzgöttin Attikas an.

»Eherne und gütige Minerva! Höre uns aus der Tiefe der sterngewobenen Sphäre, die wie ein Feuergürtel die goldenen Throne Jupiters und Junos umgibt und schützt!«

»Während wir die dunklen Wellen durchschneiden, kette die Stürme in ihrer Höhle, bis Deine Fackel auf dem Berge brennt; Signal unserer glücklichen Heimkehr.«

»Bis dass Deine Fackel auf dem Berge brennt wie das bewegte Haar der Nymphen im Walde die Helligkeit in die Luft streut.«

»Bis dass vom häuslichen Dach der Gesang antworte und die freudige Brise vermehre in heiligem Akkord aufsteigend zu Deinem Marmortempel im Mondschein!«

»Göttin der lorbeerbekränzten Lyra, gib, dass die furchtbare Helligkeit des Blitzes und die zackige Flamme des Donners niemals unsere herrliche Trireme treffe, von der Stunde an, in der das kluge Kind in seiner Rosenwiege geboren wird, bis zu dem Augenblick, wo der Abend die Vorhänge seines Tempels über Himmel und Erde und die Wolken des Ozeans zieht, die wie die Inseln der Glückseligen flammen und im Golde erglänzen!«

»O Minerva! Gib, dass unser tapferer Kiel die schrecklichsten Wogen ohne Schaden durchschneide. Gib, dass unsere weißen Segel in ihrer Brust günstige Brisen nur tragen, bis wir durch Böen und Flauten unsere glücklichen Wohnungen wieder erreichen.«

»Vernimm den Gesang der frohen Matrosen, o jungfräuliche Königin, herrliche Athene!«

Der Hymnus verklang, der Abendgottesdienst endete in einer großen Fanfare von Flöten und Trompeten. Als alles verstummt war und man nur noch das rhythmische Geräusch der Ruder hörte, die die Wellen schlugen, ertönte vom Vorgebirge plötzlicher und lauter Trompetenschall. Eine hohe rosa reichfarbige Flamme zitterte einen Augenblick vor dem Tempel auf und verschwand in den Höhen des Himmels.

Die Matrosen fielen auf ihr Gesicht und empfingen dieses Signal als freundliche Antwort der Göttin. Einige glaubten, Minerva selbst in der Flamme über dem Vorgebirge stehen zu sehen. Alle nahmen es als gute Vorbedeutung für ihre Reise an die asiatische Küste.

* * * * *

Der Priester Dianas widerstand tapfer der Beredsamkeit der beiden Freunde, die durchaus die Priesterinnen des Heiligtums sehen wollten. In der Tiefe des Heiligtums wird das Standbild der Göttin, die, wie man sagt, vom Himmel gekommen ist, von verschiedenen Priesterinnen behütet, die ihr zu Ehren ohne Schleier unbedeckten Gesichtes wachen. Je heftiger sie ihm zusetzten, desto mehr warf der strenge Priester es sich wie ein Verbrechen vor, ihnen zuzuhören. Kallias bot ihm eine Börse voll thrazischen Goldes an. Kaum hatte der Hohepriester gefühlt, wie sie seine Hand berührte, als er sie zu Boden warf, als hätte ihn eine Natter gestochen, und entfloh. Sempronius, der verzweifelt war, in ihm seine letzte Hoffnung enteilen zu sehen, lief ihm nach und hielt ihn heftig am Kleid zurück. Die Hand, die den unbestechlichen Diener Dianas gefasst hatte, war mit einem kostbaren Smaragd geschmückt. Plötzlich hefteten sich seine Augen auf diesen. Er wandte sich ab. Der Stein glitt still und geheimnisvoll auf seinen Finger. Ohne ein weiteres Wort zog er aus seinem Purpurkleid einen kleinen Schlüssel, schloss eine niedrige, kaum unter den Skulpturen der Mauer bemerkbare Pforte auf und führte lautlos die beiden Jünglinge in die Tiefe des Tempels.

Der Tempel der Diana von Ephesus war der berühmteste Andachtsort der Welt. Kallias war glücklich und stolz, sich unter dem Gewölbe dieses gepriesenen Heiligtums zu befinden, dessen Zutritt Königen verweigert worden war, und das in seinen Kammern mehr Schätze als viele Königreiche enthielt. – Die Tagesweihen waren vorüber. Die Bronzepforten des ungeheuren Gebäudes hatten sich für das Volk geschlossen, alles war Nacht, Schweigen und Einsamkeit. Kallias konnte sich überzeugen, dass er sich an einem Ort befand, dessen Großartigkeit noch seinen Ruf übertraf. Die Opferfeuer auf dem großen Altare waren im Verlöschen, und die vielen kleinen Altäre, vor denen den ganzen Tag über die Opfertiere geschlachtet worden waren, schimmerten in der Ferne wie eine Myriade ohnmächtiger Sterne. Bei jedem Schritt öffneten sich solche Tiefen von Bögen und Kolonnaden, die mit dem geduldigen Geschick des asiatischen Meißels ausgehauen, aus Marmor und in allen Farben des Himmels und der Erde blinkenden Metallen geformt waren, und die das schwach gedämpfte Licht des Tempels noch fantastischer erscheinen ließ – eine solche Fülle von Elfenbein- und Alabasterstatuen, deren Menge, lebendige Armeen von Adel und Schönheit, die ungeheuren Räume bevölkerte; ein solcher Überfluss von Purpur und goldbestickten Bannern, Weihegeschenken der ganzen Welt, aufgehängt über den Altären, die selbst mit kostbaren Steinen verziert waren und ihren Schimmer auf gestickte Teppiche aus Tyrus und dem tiefsten Indien warfen – es war, in einem Wort, ein so ungeordneter und so unfassbarer Reichtum, dass der kälteste und blasierteste Mann der Welt jeden Augenblick Schreie der Freude und Überraschung ausstieß! Während der Römer, in die Gedanken seines Herzens gehüllt, gefangen von seiner Melancholie und mehr noch vom Lächeln seiner Hoffnung, alles erstaunten Blickes musterte, als wäre es eine Vision. Er sah die Wölbungen und die blendenden Pfeiler wie das Werk eines Magiers und lieh sein Ohr den vagen Klängen von Harfen und Flöten, die von Zeit zu Zeit aus den tieferen Hallen ausklangen, als hätte er Chöre belauscht, die den eleusischen Gefilden entstiegen. Alles wurde dem Herzen des Liebenden zu tiefster Wonne, träumerischem Genuss, stummem Erstaunen eines durch die Kraft der Einbildung an die letzten Grenzen des Glücks getragenen und erhobenen Geistes.

Da schritt der Priester in einen noch tieferen und geheimnisvolleren Gang. Sempronius folgte ihm, als er plötzlich fühlte, wie Kallias ihn heftig nach rückwärts riss. Er sah beim blassen Scheine einer Lampe, dass er mit einem nicht misszuverstehenden Ausdruck sein Schwert zur Hälfte zog. Der Grieche kannte zweifelsohne die Gefahren des asiatischen Glaubens: Der Ort war vielleicht eine Falle nur, gestellt, Menschen auszurauben und zu töten. Sempronius lächelte, als wäre ihm Gegenwart und Zukunft gleichgültig, und drang in die Dunkelheit. Der Grieche zögerte, zog dann sein Schwert gänzlich aus der Scheide und folgte langsam der Spur seines eigensinnigen Begleiters. Der Gang war lang und schwer. Endlich fiel er jäh ab und das Licht verlosch gänzlich. Sie kamen zu einer kleinen Tür; die Stimme des Priesters ertönte von Neuem wie im Flüsterton: »Ihr mögt mich hier erwarten, bis ich wiederkomme.« Mit diesen Worten entfernte er sich.

»Und jetzt«, sagte Kallias, »haben wir das, was wir verdienen. Wir werden niemals, glaube ich, der Menschheit die Moral unserer sinnlosen Verrücktheit vorsetzen können; denn dieser Priester meint – oder ich müsste mich stark irren – dass wir bereits genug Ruhm in dieser Welt errungen haben, ohne den, die Wunder und die Umstände unserer Flucht zu berichten. Welch ein Jammer, wahrhaftig, nicht meinem ersten Gedanken, meiner ersten Regung gehorcht zu haben, die die waren, diesem Ungläubigen das Herz mit dem Schwert zu durchstoßen, ehe er uns hierher lockte, auf dass wir wie ein paar verhungerte Hunde krepieren!«

Sempronius behauptete noch immer, dass der Priester ehrlich wäre. – Eine Stunde verrann, dann noch eine, er kam nicht zurück. Kallias versuchte nunmehr, sich einen Weg zu bahnen und zum Eingang zurückzukehren; aber es schien, als wäre die Reise doppelt schwierig geworden, seit sie heruntergeschritten waren, und nach einigen Schritten fanden sie den Weg durch breite Steinblöcke versperrt. »Wahrhaftig«, rief er, »der Verrat ist erwiesen! Wir sind in den Katakomben, und können, wie andere Gespenster, durch alle Ewigkeiten in ihnen herumirren. Herrlicher und glücklicher Wahnsinn! Nicht erkannt zu haben, dass dieser Priester es ebenso wenig wagen würde, die Geheimnisse seines Tempels zu verraten, wie einem Schwert ins Angesicht zu schauen! Aber er hat sich hervorragend aus dieser Schwierigkeit gezogen. Und jetzt muss sich unser Tun hier unten darauf beschränken, so lange herumzustreifen, bis wir in irgendeinen Graben fallen oder, ruhig auf diesen Stein gebeugt, Hungers sterben.«

Aber der Geist seines Freundes, der von Natur edler und reiner war, hatte sich schon höher verstiegen. »Kallias«, sagte er, »Eure kalte und nichtswürdige Philosophie lässt Euch an allem zweifeln, auch an Euch selbst. Mich erwarten nicht so viele Freuden, die mich nach oben ziehen, dass dieser Kerker mich so sehr erschreckte. Gewiss ist der

Priester ein Schurke. Ich hätte wissen müssen, dass der, der sich durch Gold oder einen Ring bestechen lässt, seinen Bestecher verraten kann. Er hat uns hier gelassen, auf dass wir sterben, aber der Tod ist der letzte Ausweg eines tapferen Mannes: Erhebt Euch, und lasst uns dieses Leben nicht aufgeben, ohne es stolz zu verteidigen.«

Die Seele des Griechen war edel; der Weltmann in ihm war gestorben, und er presste die Hand seines Freundes mit der Hand eines Helden. »Vorwärts also«, rief er aus.

Sempronius ging voraus; aber der Gang war verbaut und die Schwierigkeiten nahmen jeden Augenblick zu. Endlich war es unmöglich weiterzuschreiten. Jetzt rief der Grieche mit einer Stimme, in der verächtliche Heiterkeit finsterer Verzweiflung sich mischte: »Ist es erbracht? Warum wollen wir uns die Knochen zerbrechen, um auf Felsen zu klimmen, die uns nur in den Mittelpunkt der Erde führen können? Nun wohl! Nehmt dieses Schwert und leistet mir den letzten Dienst eines Römers an seinem Freund.«

Sempronius ergriff schweigend das Schwert und zerbrach es unter seinem Absatz. Die Schneide ließ vom Gestein einige Funken aufsprühen, bei deren flüchtigem Scheine sie erkannten, dass sie sich im Mittelpunkt eines großen Gewölbes befanden, aus dem mehrere Gänge nach verschiedenen Richtungen führten. Sie drangen in den ein, der am weitesten zu laufen und in der freien Luft zu münden schien.

»Freund«, sagte Kallias, »erinnert Euch, dass ich kein geduldiger Mensch bin; ich bin bereit, Euch weiter zu folgen; aber wenn wir unsere Schuhe nur dazu benutzen sollen, um über Gräber zu stolpern, bestehe ich darauf, mich von meinen Anstrengungen auf meine Weise erholen zu dürfen.«

»Ich verlange nur eine kurze Frist noch«, rief heftig der Römer, »und nachher könnt Ihr mir als Führer in den Regionen der ewigen Ruhe dienen, wo die Unglücklichen vergessen und vergessen werden.«

Wie er diese Worte beendete, drang ein schwacher Schrei, dem der Lärm eiliger Schritte folgte, an ihr Ohr. Sie blieben stehen. Ein Lichtstrahl zitterte in den Tiefen des Labyrinths, und beide stürzten vorwärts. Noch immer zitterte der Lichtstrahl und drang durch die Spalte einer sehr schmalen Tür. Sempronius schaute hindurch, stieß einen Schrei aus und stürzte in den Saal. Eine Frau stand dort mit gebundenen Armen. Vor ihr flammte ein kleiner Altar; auf dem Altar ein Messer. Der Priester, der die beiden Jünglinge verraten hatte, betrachtete das Opfer mit dem stieren Blick der Grausamkeit. Eine Gruppe Gespenster mit melancholischen Blicken, langen und dunklen Mänteln, wohnten der Bluttat bei. Als Sempronius erschien, schlug die Frau die Augen auf und stürzte auf ihn zu. Der Priester ergriff das Messer und wollte es ihr in die Brust stoßen; aber dieser schreckliche Stoß sollte sein Ziel nicht erreichen. Kallias hatte den Schwertstummel aufgehoben und stieß ihn bis zum Heft in die Seite des Mörders. Er fiel brüllend hin und starb zu ihren Füssen. All die Gestalten entblößten ihre Schwerter. Im Augenblick war alles Kampf, Geschrei, Gemetzel.

* * * * *

Die Trireme lief in den Piräus ein, und Kallias wollte seinen unglücklichen Freund bewegen dortzubleiben, aber der schwerverletzte Sempronius, der in seinem Innern die unheilbarste Wunde trug – ein zerbrochenes Herz – bat um die Gunst, nach Italien gebracht zu werden, um dort sein Leben auszuhauchen und im Grab seiner Väter zu ruhen. Kallias vergaß seine ganze Philosophie, wenn er am Lager des edlen Jünglings saß und weinte, wenn er ihn in den merkwürdigen und teuflischen Delirien stammeln hörte, was seine Leidenschaft und verzweiflungsschwere Fantasie ihm eingab.

»Mir scheint«, sagte der Römer, »dass dieses Opfer jede Nacht an seinem Lager steht und dies Ungeheuer um Gnade anfleht. Ich habe sie sofort im Labyrinth erkannt, so entstellt und wirren Haares sie auch war. Sie war die erste Geliebte meines Herzens und wird die letzte sein. Aber erzählt mir alles, was Ihr über sie erfahren habt; sagt es mir noch einmal und sagt es mir immer wieder, auf dass ich sterbend ihren Namen höre!« –

Und Kallias verbrachte eine Stunde, um ihm zu wiederholen, dass ihn die schöne Priesterin zufällig beim Bankett des Prokonsuls erblickt, ihn mit ungewollter, ja unbewusster Leidenschaft geliebt hätte, wie er sie, und dass sie endlich, als ihr Geheimnis ihr entfahren war, für die Rachsucht der Göttin als aufrührerische Priesterin verurteilt worden war. Der einfache Wunsch, den Tempel zu verlassen, war ein unverzeihliches Verbrechen. Aber die Rachsucht der Göttin galt für unbefriedigt, bis dass der Gegenstand dieser Leidenschaft gleichfalls geopfert worden war. Was das Versprechen des Priesters, sie in das Heiligtum zu führen, erklärte. So hatte er sie in der Falle gefangen, um als Sühneopfer zu dienen, und sie waren für das heilige Messer aufgespart worden. Infolge des Kampfes, der im Opfersaal stattgefunden hatte, nach überflüssiger Mutvergeudung, waren sie gefangen, in einen Turm geworfen, ohne zu wissen wie, befreit worden und hatten Schutz im Palast des Prokonsuls gesucht. Der hatte sie Asien in aller Eile verlassen heißen. Die Priesterin war zweifelsohne umgekommen –

Sempronius lag auf einem elfenbeingeschmückten, perlenverzierten Bett. Die Vorhänge, die ihn vor der Sonne schützten, waren aus persischer Seide; eine Nymphenstatuette aus Silber, die Zügel aus Lapislazuli in der Hand hielt und von Seepferdchen aus Beryll gezogen wurde, ließ einen Strahl parfümierten Wassers aus einer kristall'nen Urne fließen. Der Boden des Zimmers war mit Rosen bedeckt. Die Mauern hingen voll der schönsten Gemälde griechischer Kunst. Alles atmete die mächtige und zarte Verschwendung des Patrizierlebens. Aber es war verlorene Mühe. Der Geist des Jünglings weilte in Ephesus, in dem Keller, wo er diese Gestalt von auserlesenster Schönheit unter dem Messer des Fanatismus und des Verbrechens fast hatte fallen sehen. Plötzlich trat Kallias an diesen köstlichen Ruhesitz und fragte mit seiner gewöhnlichen Stimme, wie der Kranke sich unter der Pflege des neuen Arztes befinde, der gekommen war, um ihn von seiner hartnäckigen Sehnsucht zu sterben, zu befreien.

Sempronius lächelte traurig und ergriff die Hand seines Freundes, dann sprach er mit bewegter Stimme: »Kallias, ich glaube, dass mein Hirn so frei wie nur möglich von abergläubischen Ideen ist, aber dieser merkwürdige Arzt hat etwas Übermenschliches. Wie rau auch seine Sprache, wie abstoßend seine äthiopische Physiognomie ist, er hat die Gabe, die menschliche Natur mit despotischer Macht zu ergründen. Augenblicklich liest er in meinen Gedanken. Er ist nicht weniger Herr der Geheimnisse in der Natur. Ich zittere in seiner Gegenwart fast bei dem Gedanken, in den Händen eines meinen sterblichen Fähigkeiten überlegenen Wesens mich zu befinden.«

»Ach, wahrhaftig, er arbeitet mit Zauberei«, sagte Kallias verächtlich.

»Ich habe keine Geheimnisse vor Euch, Kallias. Ich habe ihn gebeten, mir noch einmal die Vision von Ephesus zu verschaffen, noch einmal, ehe ich sterbe ...«

* * * * *

Sempronius trat als Erster in die Halle. Alles war finster, aber Kallias trug unter seinem Kleid eine kleine Lampe und murmelte: »Dies ähnelt unserem Abenteuer im Labyrinth genug, aber ich bin bis zu einem gewissen Grade neugierig, zu sehen, wie der Äthiopier, dieser Meister der Zauberei, seine Dämonen wird tanzen lassen?«

Wie er noch sprach, stieg eine kleine blaue Flamme auf und blieb in der Mitte der Decke hängen. Nun sahen sie, dass sie sich in einem großen runden Saal befanden. Sehr süße Musik von Instrumenten erklang neben ihnen und schien aus der Erde unter ihren Füßen zu kommen. Ein Nebel stieg schnell vor ihnen auf, zerflatterte rechts und links an den Wänden der Stube und hing schließlich über ihren Häuptern. Eine Stimme, die aus der Mitte der Wolke zu kommen schien, fragte sie, welches der Gegenstand sei, den zu sehen sie am meisten begehrten.

»Im Namen des ganzen Olymps, mein Abendbrot«, schrie Kallias und brach in Lachen aus. Ein dumpfes Donnerrollen verriet, dass er den Geist geärgert hatte, und alsbald verlosch das Licht.

Die Stimme wiederholte die Frage. Zitternd nannte Sempronius den Namen der Priesterin von Ephesus.

Eine reiche und sanfte Musik wogte von Neuem auf den Wellen der Luft. Eine Mauer des Hauses schien zu verschwinden und sich auf das Meer im Sonnenuntergange zu öffnen. Es war nicht das schmachtende Meer, das die Ufer Kampaniens streichelt; es war das aufgeregte und stürmische Meer Griechenlands. Ein langer Aufbau von Marmorgebäuden, die von wunderbaren Statuen gekrönt waren, stieg aus den Wassern auf. Kallias rief: »Piräus« und zeigte erstaunt mit dem Finger auf die Trireme, die die Fluten zu durchschneiden und in das offene Meer zu stechen schien.

»Seine Geister sind merkwürdig gehorsam«, murmelte Kallias, »aber wo hinaus soll das?«

Die Trireme kreuzte an den Inseln vorüber, durchschnitt die Fluten, als hätte sie Flügel, und landete an der ionischen Küste. Sempronius fühlte sein Herz klopfen, als er das herrliche Licht des asiatischen Himmels das wohlbekannte Land seiner Träume erhellen sah. Der Zauber nahm seinen Fortgang. Zwei schöne Gestalten, ein Grieche und ein Römer, erschienen im Zypressenhain, der den Dianatempel umgab. Eine dritte Gestalt kam dazu und führte sie fort, und alle drei versanken im Dunklen.

»Wahrhaftig«, flüsterte Kallias seinem Freunde ins Ohr, »wenn er uns alles sehen lässt, was in den Katakomben geschehen ist, kann es nur der scheußliche Priester selbst sein oder der König der Magier; aber der Priester wird nicht länger seine betrügerische Rolle spielen, ich besorge es ihm.«

In diesem Augenblick glitt ein Lichtstrahl zu Boden und ließ einen schmalen Gang sehen, in dem unsere beiden Zuschauer zuerst die Höhle erkannten, in der sie beinahe umgekommen waren. Später erschien eine andere Halle, ein Opfer, ein Priester und ein Haufen Leute in trauriger Haltung. Sempronius stieß einen großen Schrei aus, als das junge schöne verführerische Opfer, die Augen auf das fürchterliche Messer gerichtet, auf die Knie fiel, um um Gnade zu bitten. Er versuchte, zu ihr hinzustürzen, aber vergeblich waren seine Anstrengungen. Er fühlte sich schwach werden und fiel in die Arme seines Freundes zurück.

Als er die Augen wieder aufschlug, hatte sich der Schauplatz verändert; ein grünender und blühender Garten breitete vor seinen Augen die Üppigkeit orientalischer Vegetation aus; Blumen und Früchte schwängerten die Luft mit ihren exotischen Parfüms; lebendige Figuren beseelten die Landschaft. Eine Schar von Nymphen begannen beim Klang der Instrumente zu tanzen, die sie in ihren Händen trugen, und als ihr Reigen sich öffnete, sah man in ihrer Mitte einen sehr einfachen Thronsessel, der mit keinen anderen Stoffen und keinem anderen Schmuck verziert war, als mit Moos und den Blumen dieses köstlichen Platzes. Auf dem Thronsessel saß eine junge Königin in ländlicher Kleidung, die Augen zu Boden geschlagen, und ein junger Amor flüsterte ihr seine zauberischen Worte ins Ohr; die Bankettszene erschien zum zweiten Mal vor den staunenden Augen des Sempronius.

Unwiderstehliche Erregung packte ihn, er stürzte sich auf die Vision; aber diesmal war es keine Vision aus Luft und Rauch. Eine Frau, eine wirkliche, seufzende, errötende, schöne, reizende Frau, sank verwirrt und weinend in seine Arme. Die Priesterin, der Magier und Euphrosine waren ein und dieselbe Person.

»Seht mein Glück, ungläubiger Freund«, sagte Sempronius, und warf einen Blick unsagbarer Leidenschaft auf die Schönheit seiner Frau, die schon ein Kind in den Armen hielt. Unser gerührter, aber immer lächelnder Epikureer murmelte ganz leise die sentimentale Hymne des ausgezeichneten lateinischen Dichters:

Solch Stunde ist den Küssen hold, wenn der Orkan

Zum Himmel Läst'rung brüllend, rüttelnd am Altan,

Aus Kellers Tiefen lockt des edlen Weines Quell,

Dass er am Eheherde perlend ein sich stell'!

Den Herrn und Gatten stimmt es noch einmal so gut,

Wenn im Kamin behaglich knistert Feuerglut.

Der Liebe Spießgesell, – ein Blitz, der niederkracht,

Der Gattin zages Herz macht fügsam für die Nacht.

»Die Lösung spricht zu unseren Gunsten«, fuhr der junge Grieche entschieden fort, »aber ich will Euch sagen: Findet mir eine Base, die ich zuerst, ohne sie zu kennen, so stark hasse wie Ihr, die mich mit derselben romantischen Liebe liebt, mit der die schöne Euphrosine Euch geliebt hat, ohne zu wissen, ob Ihr nur einen Seufzer wert wäret; die ihre Heimat flieht, sich für tot ausgibt, um mir alle Freiheit zu geben, nach meiner Lust den Verrückten zu spielen; die Priesterin wird, und die, nachdem sie mich aus den Krallen eines scheußlichen Ordens mörderischer Mönche gerettet hat, die Türen meines Gefängnisses öffnet und mir über die Meere folgt; die für mich die letzte Eitelkeit der Frau, das heißt ihre Schönheit, opfert, und sich in eine Magierin und Hexe verwandelt, um mich zu retten; die noch tausendmal mehr Hexe durch den Reiz ihrer Blicke ist, die sich in meine Arme wirft und dann ...«

»Und dann«, rief Sempronius, mit vor Freude leuchtenden Augen, »dann werdet Ihr auch das Idol Eurer Seele heiraten!«

»Ja«, rief lachend Kallias, »dann werde ich vielleicht Euer Mann sein, wenn ich mich nicht zuvor aus Strafe dafür aufgehängt habe, dass ich toll genug war, mich so zu bemühen, während ich, um des gleichen Glückes teilhaftig zu werden, alles nur laufen zu lassen brauchte.«

Die junge Mutter hörte ihn, warf einen zärtlichen Blick auf ihren Gatten und sagte mit ihrer Stimme, die sanft wie Musik war: »Gibt nicht eine jede neue Prüfung eine Sicherheit mehr für die Leidenschaft; ist ein ganzes Leben voll Liebe nicht billig mit einer Stunde der Qualen erkauft?«

»Ja, für dich, schöne Euphrosine, wäre ich gern tausendmal gestorben«, rief Sempronius mit der naiven Beredsamkeit des Herzens und drückte diese edle Schönheit an seine Brust.

»Ja«, wiederholte Kallias, indem er die Lippen in komischem Ernst verzog, »meinetwegen! Aber im Namen Amors und Venus' frage ich Euch noch einmal: warum soviel Umstände?«

Weitere Titel im
EUROPÄISCHEN LITERATURVERLAG

www.elv-verlag.de

Charles Baudelaire
Die Fanfarlo

Anders als seine meisterhaften Gedichte "Die Blumen des Bösen" ist die Prosa Baudelaires bis heute kaum bekannt. Dass der Franzose nicht nur ein außergewöhnlicher Dichter, sondern ein ebenso talentierter Geschichtenerzähler war, wissen daher nur die Wenigsten.

"Die Fanfarlo" (1847) ist eine autobiografisch geprägte Novelle, in der Baudelaire seine Liebesbeziehung zu der Schauspielerin Jeanne Duval verarbeitet. Die Erzählung des damals erst 25-jährigen Autors enthält bereits die Hauptmotive des Baudelaire'schen Schaffens: das Leben als Dichter in der Großstadt und das Verhältnis zwischen Künstler und Muse. Auch die ästhetischen Überzeugungen des Dandys – die erst in seinen Essays eine konkrete Formulierung erfahren - lassen sich herauslesen.

1. Aufl. 2011, 60 Seiten, Deutsch, Paperback, 10,90 €

ISBN/EAN: 9783862671724

Théophile Gautier
Charles Baudelaire

This volume contains Gautier's biographical essay "The Life and Intimate Memoirs of Baudelaire". The English translator Guy Thorne complements Gautier's writing with selected poems and letters of Baudelaire and an essay on Baudelaire's influence upon modern poetry and thought.

Reprint of the original edition from 1915.

1. Aufl. 2011, 224 Seiten, Englisch, Paperback, 24,90 €

ISBN/EAN: 9783862672530

Honoré de Balzac
Die Lilie im Tal

Honoré de Balzac (1799-1850) zählt zu den größten Schriftstellern der europäischen Literatur. Sein Romanzyklus "Die Menschlichen Komödie", in welchem er die französische Gesellschaft des 19. Jahrhunderts zu charakterisieren und beschreiben versucht, gelangte leider nie zur Vollendung. Sein Werk stellt dennoch ein eindrucksvolles Sittengemälde der damaligen Zeit dar. Balzac schildert in seinen Erzählungen die Menschen und sozialen Milieus derart treffend und mit einem so scharfen analytischen Verstand, dass er heute zurecht als der Begründer des soziologischen Romans gilt. In seiner zwanzigjährigen Schaffensperiode veröffentlichte er knapp 100 Romane sowie zahlreiche weitere Erzählungen, Essays und dramatische Stücke. Für das Verständnis der französischen Restaurationsgesellschaft stellen diese heute noch eine der bedeutendsten literarischen Quellen dar.

Der Roman "Die Lilie im Tal", welcher erstmals 1835 erschien, erzählt die Geschichte des Gymnasiasten Felix de Vandernesse, dessen leidenschaftliche Liebe zu der zwanzig Jahre älteren und verheiratete Henriette de Mortsauf gegen die strikten gesellschaftlichen Konventionen und Moralvorstellungen seiner Zeit verstößt.

1. Aufl. 2011, 260 Seiten, Deutsch, Paperback, 21,90 €

ISBN/EAN: 9783862671113

Benjamin Disraeli
Vivian Grey

"Vivian Grey" is the first novel of the British author and former Prime Minister Benjamin Disraeli. It chronicles the story of a young ambitious man who enters the highest political and social circles of Georgian England.

Its vivid portrayal of the fashionable world of London and its notorious dandy figures made the book one of the most popular novels of its time.

1. Aufl. 2011, 524 Seiten, Englisch, Paperback, 29,90 €

ISBN/EAN: 9783862672509